Charel Cambré

5. HET NIEUWE ABNORMAAL

INDRUK

Van dezelfde auteur

Standaard uitgeverij
Amoras - 1 t.e.m. 6
De kronieken van Amoras - 1 t.e.m. 4

Strip 2000
Jump - 1 t.e.m. 19
Streetkids - 1 deel
Filip van België - 1 en 2
Pinanti United - 1 en 2

Ballon media
Albert en Co - 1 t.e.m. 6
Filip en Mathilde - 1 t.e.m. 4
Robbedoes Special - 1 t.e.m. 3

Indruk
Pinanti United - 1, 3 en 4
Filip en Mathilde - 5

Met dank aan Steve Van Bael en Tim Bolssens

Deze editie is een uitgave van Stripwinkel Alex onder het label INdruk
@ 2020 Nederlandse editie: Stripwinkel Alex, Gitschotellei 143, 2600 Berchem
Alle rechten voorbehouden
Scenario en tekeningen: Charel Cambré
Inkt: Steve Van Bael en Tim Bolssens
ISBN-nummer: 9789491366642
Wettelijk depotnummer:D/2020/1351/061

WAAROM DRAAG JIJ EEN MONDMASKER?

IK KRIJG DADELIJK BEZOEK.

VAN EEN CHINEES?

HOEZO EEN CHINEES?

MAAR DAN IS ER TOCH GEEN GEVAAR.

DAT NIET MAAR...

ENFIN, IK HOOP DAT MIJN PLANNETJE WERKT.

HAD IK GEWETEN DAT DIE MENS ZO KON ZAGEN, IK HAD HEM NOOIT AAN DIE JOB GEHOLPEN.

IK BEGRIJP ER NIKS VAN.

LAAT ONS ZEGGEN DAT DIT MASKER ERVOOR GAAT ZORGEN DAT DIE KEREL... AHA, DAAR IS HIJ!

DING DONG

OP HOOP VAN ZEGEN.

AHA, MENEER GEENS, U KOMT VERSLAG UITBRENGEN NEEM IK AAN?

EUH, WAAROM DRAAGT U DAT MASKER?

BOAH, IK VOEL ME DE LAATSTE TIJD WAT SLAPJES, IK HEB OOK EEN LELIJKE HOEST DUS DACHT IK...

KUCH!

!

EUH, BIJ NADER INZIEN MOET IK DRINGEND ERGENS ANDERS NAARTOE!

IK KOM LATER WEL EENS TERUG.

MAAR KOEN...

EN?

DIE ZIEN WE VOORLOPIG NIET MEER TERUG.

5

MAGGIE DE BLOCK KOMT DADELIJK LANGS.

DAT IS LANG GELEDEN, WAT KOMT ZE DOEN?

EEN STAND VAN ZAKEN BRENGEN OVER ONZE STRIJD TEGEN DAT CORONAVIRUS.

BLIJFT ZE ETEN?

DOMME VRAAG, JE KENT MAGGIE TOCH.

NATUURLIJK WEL

OEI EN IK HEB NIKS IN HUIS.

IK KEN U, JIJ VERZINT WEL IETS.

HET MOET NIET LEKKER ZIJN ALS HET MAAR VEEL IS.

LATER DIE DAG...

DUS ALS IK HET GOED BEGRIJP IS ALLES ONDER CONTROLE?

INDERDAAD SIRE, U KAN OP BEIDE OREN SLAPEN.

MAAR...

MAAR?

IK MAAK ME ZORGEN OVER DE HAAST RACISTISCHE REACTIES AAN HET ADRES VAN LANDGENOTEN VAN CHINESE OORSPRONG.

ALLES WAT VAN VER OF KORTBIJ CHINEES LIJKT WORDT GEMEDEN ALS DE PEST.

RONDUIT BELACHELIJK!

U HEBT GELIJK, DIE KORTZICHTIGHEID MOET IN DE KIEM GESMOORD WORDEN!

BLIJ DAT WE OP DEZELFDE GOLFLENGTE ZITTEN.

MAAR GENOEG GEWERKT, U BLIJFT TOCH ETEN?

DOMME VRAAG.

U KENT MIJ TOCH.

IK HEB MOETEN IMPROVISEREN, IK HOOP DAT U MEENEEMCHINEES LUST?

EVEN LATER

IK WIST NIET DAT ZE ALLERGISCH WAS VOOR MEENEEM-CHINEES.

TJA, ZE BLAAST ER HELEMAAL VAN OP ZEGT ZE.

HET VOORDEEL IS DAT WE DE REST VAN DE WEEK WETEN WAT TE ETEN.

8/19

7

BEN JE ER KLAAR VOOR?

WAARVOOR?

DINSDAGAVOND, ONZE VASTE BIOSCOOPAVOND.

IS DAT IN DE HUIDIGE OMSTANDIGHEDEN WEL VERSTANDIG?

MET DAT CORONAVIRUS IN OMLOOP ZOU IK DRUKKE PLAATSEN ZOALS EEN BIOSCOOP VERMIJDEN.

JIJ OOK AL?

IK HEB STILAAN MIJN BUIK VOL VAN DAT VIRUS.

BUIK?

NEE, DE SYMPTOMEN ZIJN VOORAL...

HOU OP!

WE MOGEN NIET TOEGEVEN AAN DIE ANGSTPSYCHOSE.

TJA, MISSCHIEN HEB JE WEL GELIJK.

NATUURLIJK, ALS HET BELGISCH VORSTENPAAR ZICH AL GAAT VERSTOPPEN VOOR ZO'N VIRUSJE IS HET HEK VAN DE DAM!

HOLA, WAT EEN MASSA VOLK.

'T IS TE ZEGGEN.

TURKS FRUIT

RAMBO XII

GE GAAT ZIEN, ZODRA HET ONZE BEURT IS ZIT DE ZAAL VOL!

TENZIJ...

KUCH, KUCH, KUCH.

AAAA AAA

OUTBREAK

TWEE TICKETS ALSTUBLIEFT.

8/20

9

BRUSSELMANS signeert zyn nieuwe boek... TETTENZOT!

UW NAAM?

FILIP.

PASCALLE NAESSENS signeert "HET MOET NIET ALTIJD LEKKER ZIJN"

ASPE
TERUG VAN WEGGEWEEST!

FILIP WIE?

FILIP MENEER.

DIRK de WACHTER SIGNEERT

HET GOEDE NIEUWS IS, ER IS OOK SLECHT NIEUWS.

OEI

BEKKARI KONIJNENETEN

GEWOON NIET ETEN IS EIGENLIJK NOG HET BESTE.

KIJK NAAR MIJ.

MEUS DAGE... SE ZEVER

BENT U VAN PLAN DIT KOOKBOEK ECHT TE GEBRUIKEN?

NEE.

GOED ZO

EN WAT MOET IK IN DE STRIP VAN MENEER TEKENEN?

WEL IK DACHT AAN...

ZWZWZW

HM...

FILIP & MATHILDE
4. FEMME FATALE
Ball_n

ZUCHT, KONINGIN MATHILDE IN HAAR BLOOT GAT.

DAT IS NOG MAAR DE ELFENDERTIGSTE VANDAAG.

HÉHÉHÉ, GELUKKIG ZIJN ER NOG STRIPTEKENAARS OP DE BOEKENBEURS, NIETWAAR?

U BEDOELT IDIOTEN?

CAMBRÉ-LEGENDRE 8/4

12

1 SEPTEMBER ROND HALF VIJF...

OPSTAAN LUILAKKEN !!

SNELLER VAN SAKSEN-COBURG OF DENK JE DAT DAT HIER EEN VAKANTIEKAMP IS!?

DIE MUUR OVER VAN SAKSEN-COBURG EN SNEL EEN BEETJE!

DAT IS WAT ANDERS DAN DE CATERING OP HET PALEIS VERONDERSTEL IK, GNA GNA GNA!

TEGEN MORGENVROEG VERWACHT IK DAT DAT HIER BLINKT ALS EEN SPIEGEL.

WIE BELT ER ZO LAAT NOG?

HALLO?

AH ELISABETHJE, EN HOE GAAT HET OP DE MILITAIRE ACADEMIE?

ECHT FANTASTISCH, SUPERLEUK EN DE SERGEANT IS ECHT EEN TOFFE GAST, ALLEEN...

...DE HELE DAG DAT MONDMASKER IS ER TE VEEL AAN.

13

IK LEES HIER NET DAT ONZE STRIP VOLLEDIG UITVERKOCHT WAS OP DE VOORBIJE BOEKENBEURS.

SPREEK ME ER NIET VAN.

WAT?

DAN IS ER EENS IETS POSITIEFS TE MELDEN.

AH, DUS HET FEIT DAT MIJN BLOOT GAT NU BIJ DUIZENDEN MENSEN OP DE SALONTAFEL LIGT, VIND JIJ POSITIEF?

KOM KOM, JOUW KONINKLIJKE POEP MAG TOCH GEZIEN WORD...

WEL, VOLGENDE KEER MAG JOUW KONINKLIJKE POEP OP DIE COVER.

HE!

WIII!

IK?

IN MIJN BLOTE CHAREL ZEKER!?

NO WAY!

IK ZIE MIJ AL STAAN.

?!

HM, DAAR BRENG JE ME OP EEN IDEE. MIJN WRAAK ZAL GEEN GENADE KENNEN.

HOE HEB JE HEM ZOVER GEKREGEN?

SIMPEL, IK HEB GEDREIGD MET EEN TOTAALVERBOD OM ONS TE VERSTRIPPEN.

BOVENDIEN WAS DE UITGEVERIJ SUPER ENTHOUSIAST OVER EEN BLOTE CHAREL OP DE COVER VAN HET VOLGENDE ALBUM.

GRMBL, IK GA EEN VISWINKEL BEGINNEN.

!

BLANQUART LIEVE FOTOGRAFE

KOEKOEK, KIJK EENS NAAR HET VOGELTJE.

ENFIN, NAAR DE LENS BEDOEL IK.

LAAT MAAR.

8/5

14

16

TOT VOLGENDE WEEK DAN MAAR MEVROUW WILLEMS, BIJ LEVEN EN WELZIJN.

HET IS WILMÈS

BIENSÛR EN WEES KERUST, IK EP ALLES ONDER DE CONTROL.

OEF, DIE IS WEG.

DAT GEZEVER OVER DIE CORONA BEGINT STILAAN MIJN VOETEN UIT TE HANGEN.

EVEN MIJN ZINNEN VERZETTEN.

BEETJE TV-KIJKEN.

OEI, DE AFSPRAAK.

MENEER VAN RANST, HOE LANG GAAT DIT NOG DUREN? WEKEN? MAANDEN?

GRMMBL, MARC VAN RANST, DIE HEB IK NU WEL GENOEG GEZIEN DE LAATSTE WEKEN.

ANDER EN BETER!

BIJ ONS TE GAST VANDAAG, MARC VAN RAMSEL.

VAN RANST.

ZAP

ZAP

DRAAGT U DIE PULLOVER ALTIJD IN BED?

ENKEL DE BRUINE

ZAP

TIK TAK

ZAP

VAN RANST

MARC VAN RANST

GRRTVRRDENONDEDJUU, ER IS GEEN ONTKOMEN AAN!

COUCOU CHÉRI.

OM DE TIJD TE DODEN BEN IK OPNIEUW AAN HET BREIEN GESLAGEN EN KIJK WAT IK VOOR JOU GEMAAKT HEB.

MIJN EERSTE CREATIE.

EEN EXACTE KOPIE VAN DE TRUI VAN DR. VAN RANST.

TREK HEM EENS AAN.

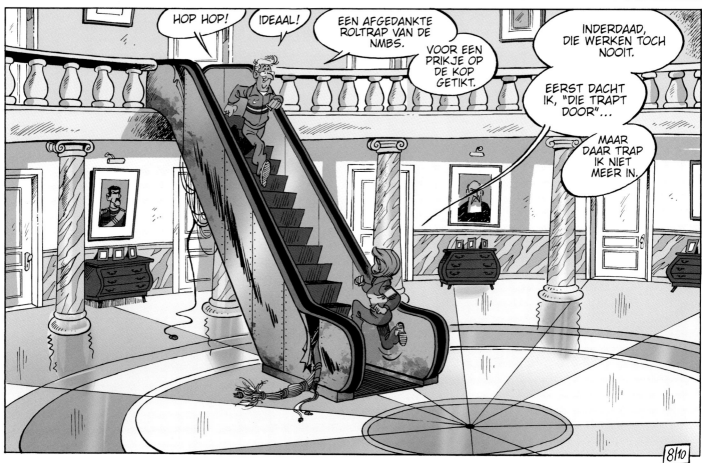

23

NATUURLIJK MADAME WILLEMS, DAT SPREEKT VANZELF MADAME WILLEMS, U KUNT OP MIJ REKENEN MADAME WILLEMS, DAG MADAME WILLEMS.

DAT WAS ONZE EERSTE MINISTER, MADAME WILLEMS.

WILMÈS.

ZE HEEFT MIJ EEN ZEER BELANGRIJKE OPDRACHT TOEVERTROUWD.

IK MAG ONS LAND VERTEGENWOORDIGEN OP EEN BIJEENKOMST VAN EUROPESE LEIDERS OVER DE CORONACRISIS.

WAAROM GAAT ZE ZELF NIET?

ZE IS AAN'T BEHANGEN.

EINDELIJK MAG IK EEN ESSENTIËLE VERPLAATSING MAKEN, EINDELIJK MAG IK UIT MIJN KOT!

BON, IK MOET ERVANDOOR, WANT...

HOLA, NIET ZO SNEL.

JIJ DENKT TOCH NIET DAT JE ONS LAND DAAR ZO GAAT VERTEGENWOORDIGEN?

EUH?

EN DUS KAN IK JULLIE MEEDELEN DAT HET IN BELGIË ALVAST DE GOEDE RICHTING UIT GAAT.

8/29

YES, WE MOGEN WEER VRIENDEN UITNODIGEN, FEESTJE!

NIET OVERDRIJVEN, SLECHTS VIER MENSEN.

IK DACHT ERAAN OM WILLEM-ALEXANDER EN MÁXIMA UIT TE NODIGEN SAMEN MET...

AH NEE!

ALTIJD WEER DE VOLWASSENEN, WAAROM MAG IK GEEN VIER VRIENDINNEN UITNODIGEN!?

IK BEN DE KONING, IK MAG EERST.

EN IK WORD KONINGIN EN ALS HET ZOVER IS, GA IK ERVOOR ZORGEN DAT DE JEUGD HET VOOR HET ZEGGEN HEEFT!

JIJ KONINGIN!? DAAR GAAT VEEL VOLK NAAR KOMEN KIJKEN!

STOOOP!

ELISABETH HEEFT GELIJK, OP HAAR LEEFTIJD ZIJN SOCIALE CONTACTEN BELANGRIJK.

PFF..

DE AFZONDERING VAN HAAR VRIENDEN HEEFT LANG GENOEG GEDUURD.

INDERDAAD, STRAKS HEB IK BLIJVENDE PSYCHOLOGISCHE SCHADE EN DAT VOOR EEN TOEKOMSTIGE KONINGIN.

JE HEBT GELIJK, ALS IK EEN VOLSLAGEN GEK OP DE TROON WIL BEL IK LAURENT WEL.

VOORUIT DAN MAAR, NODIG JE VRIENDINNEN MAAR UIT.

MERCI PAPA!

LATER...

TREK NIET ZO'N GEZICHT, JE ZIET TOCH DAT ZE ZICH AMUSEREN.

8/30

30

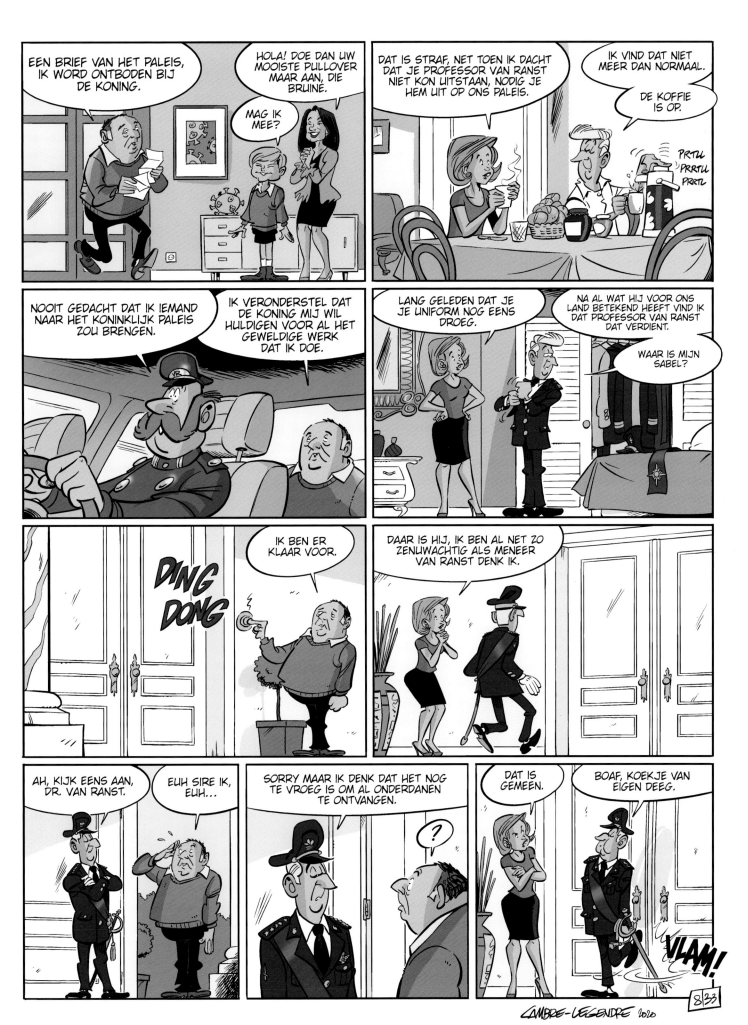

31

1975...

UNA PALOMA BLANCAAA

ZIE HEM DAAR ZITTEN, ONZE PUBER.

15 JAAR, DE TIJD VLIEGT.

VROEM!

HIJ ZOU WAT MEER BUITEN MOETEN KOMEN, HIJ ZIT ALTIJD BINNEN.

HIJ ZOU BETER EEN LIEF ZOEKEN.

TOEN IK 15 JAAR WAS, HOLALA!

WAAROM GAAT HIJ EENS NIET NAAR ZO'N DISCOTHEEK, DAAR ZOU HIJ SNEL IEMAND LEREN KENNEN.

EEN DISCOTHEEK, ONZE FILIP, HAHAHA, DIE BREEKT ZIJN BENEN.

GUS KOM NAAR HUIS WANT DE KOEI 'N STAAN OP SPRING 'N

IK ZAL HEM EENS ONDER HANDEN NEMEN.

KOM FILIP.

?!!

IK GA U LEREN DANSEN.

D...DANSEN? JAMAAR...

GEWOON DOEN WAT IK DOE.

THAT'S THE WAY, AHA AHA, I LIKE IT AHA AHA !...

LADY MARMELADE

IS HET WEL LEGAAL WAT WIJ DOEN?

STOP MET ZAGEN, VOOR ONS EERSTE NUMMER HEBBEN WE EEN SAPPIG VERHAAL NODIG.

BOUDEWIJN EN FABIOLA ZITTEN ALTIJD IN DE KERK, DAAR VALT NIKS TE RAPEN DUS...

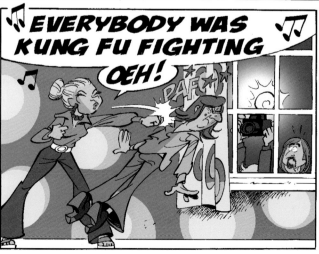

EVERYBODY WAS KUNG FU FIGHTING OEH!

PAF!

ZEG DAT JE DAT OP FOTO HEBT!

JA MAAR WAT WAREN DIE IN GODSNAAM AAN 'T DOEN?

WE VERZINNEN WEL IETS.

EN ZO GESCHIEDDE 45 JAAR GELEDEN

Story 15 F

Prinses Paola leerde Prins Philip dansen

Louis en Connie Neefs praten over thuis

Columbo: zonder die regenjas kan ik niets

Uniek aanbod: Hartje te koop

Een blad met hart voor het nieuws !!

Prinses Paola

33

IDEE: MARC LEGENDRE.

FILIP WEES VOORZICHTIG HOOR!

WEES GERUST, MET MIJN ZWEMBREVET KAN ER NIETS FOUT LOPEN.

WELISWAAR EEN BREVET VAN 25M SCHOOLSLAG MAAR DAT MOET ZIJ NIET WETEN.

HAHAHA!

TERWIJL ALLE DIKKE NEKKEN VAN KNOKKE IN HUN LUIE ZETEL ZITTEN KIES IK VOOR HET RUIME SOP.

DE STILTE, EVEN WEG VAN ALLE DRUKTE, HIER KOMT EEN STAATSHOOFD TOT RUST.

EEN KWARTIERTJE STEVIG DOORZWEMMEN IS VOLDOENDE OM VOLLEDIG TE ONTSTRESSEN.

BOVENDIEN WORDT MATHILDE ONGERUST ALS IK LANGER WEGBLIJF.

OEI, IK HEB BLIJKBAAR IETS TE STEVIG DOORGEZWOMMEN.

GEEN PANIEK FILIP, IK LAAT ME GEWOON MEEVOEREN DOOR DE STROMING, IK KOM WEL ERGENS AAN LAND.

HAHAHA, POEPSIMPEL.

VEEL LATER...

ZZZHMM, WATZZ? VERDORIE, IK BEN WEER IN SLAAP GEVALLEN IN BAD.

ZZZZ

OEI, DA'S WAAR OOK, IK DRIJF NOG ALTIJD IN ZEE.

HÉ, IK KAN HIER STAAN.

PROFICIAT SIRE, WELKOM IN DE PANNE, U BENT DE EERSTE DIE DE VOLLEDIGE BELGISCHE KUST AFZWEMT!

ZOIETS LAPT HIJ MIJ DUS CONSTANT.

?

36

Toespraak van zijne
majesteit
Koning Filip n.a.v.
de nationale feestdag.

HMPF, FRLSGTHMF
FRF.

FRFTFRRHMPF HMF FGRTS,
HMP BURLUFG.

HUFLF GRSTFGNMF HMPFRLF
HMPF.

FGHFSLMP HMPFASH HMPFGSATK
HMPFRLL.

NHMPF FRLMPF HUGURFS
HURLEFUTS.

HURLEFURL GESPRDRD
HMPSHFFF.

HMPF LVE BLGEIS.

EN... CUT!

PRACHTIGE
TOESPRAAK, SIRE!

INDERDAAD, CHÉRI, EN HEEL
MOOI DAT JE JE EXCUSES HEBT
AANGEBODEN VOOR ONS
KOLONIAAL VERLEDEN.

IK HEB HET EENS
DUIDELIJK GEZEGD.

FILIP, DE MINISTERS CREVITS EN SOMERS ZIJN ER.

HM, LAAT ZE BINNEN-KOMEN.

U HAD ONS ONTBODEN, SIRE?

DAT KLOPT EN IK VERMOED DAT JULLIE WEL WETEN WAAROM?

KIJK, IK WEET DAT HET BEROEP VAN MINISTER NIET ALTIJD EVEN MAKKELIJK IS.

ZEKER IN EEN COMPLEX LAND ZOALS HET ONZE.

BOVENDIEN MAAKT DE CORONACRISIS HET ER NIET MAKKELIJKER OP.

NOCHTANS, BIJ ONS IN MECHELEN...

ZWIJG, SOMERS.

WE ZIJN HIER IN BELGIË, NIET IN MECHELEN.

GISTEREN PAS BEREIKTE MIJ HET NIEUWS DAT JULLIE NA EEN MINISTERRAAD DE PERS ONTLOPEN ZIJN DOOR...

LANGS HET RAAM WEG TE VLUCHTEN!

WEG VAN DE VERANTWOORDELIJKHEID, WEG VAN DE PROBLEMEN WAAR ONS LAND MEE KAMPT!

EUH, FILIP.

MEVROUW WILMÈS IS ER MET HAAR WEKELIJKSE POWERPOINTPRESENTATIE OVER DE TOESTAND VAN HET...

....LAND.

42

IK HAD AAN DE SINT EEN KERSTBOOM GEVRAAGD MAAR HIJ IS ME BLIJKBAAR VERGETEN.

GEEN PROBLEEM, IK KOOP ER ZELF WEL ÉÉN.

EN DIT JAAR HEB IK ME GOED GEÏNFORMEERD.

GEEN DORRE TAK WAARVAN DE NAALDEN AL NA ÉÉN DAG OP DE GROND LIGGEN.

IK LAAT ME GEEN BOOM IN EEN ZAK MEER AANSMEREN.

ZAL IK VOOR M'NEER EEN BOOMPJE VAN SUPERIEURE KWALITEIT UITZOEKEN?

KERSTBOMEN

KOOPJES!

DOE GEEN MOEITE BESTE MAN, HIER STAAT EEN KENNER.

NEEM NU DEZE BOOM, EVEN FLINK DOOR MEKAAR SCHUDDEN OM TE ZIEN OF ER GEEN NAALDEN AFVALLEN.

KOOPJES!

DAARNA CHECK IK OF DE NAALDEN NIET AFBREKEN ALS JE ZE BUIGT.

?

EN TOT SLOT DE ZAAGSNEDE CONTROLEREN.

DIE IS MOOI WIT EN NIET GEEL, ZO HOORT HET.

DRIE SIMPELE KENMERKEN DIE ME VERZEKEREN DAT IK EEN SPAR VAN TOPKWALITEIT GEKOCHT HEB.

MATHILDE ZAL CONTENT ZIJN.

KERS

WAS DAT NIET...?

INDERDAAD, EN HIJ HEEFT NET MIJN ENIGE PLASTIC BOOM GEKOCHT.

8|11

45

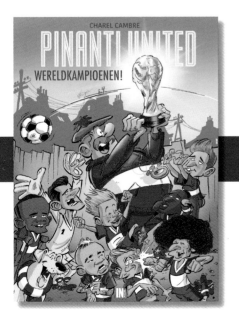